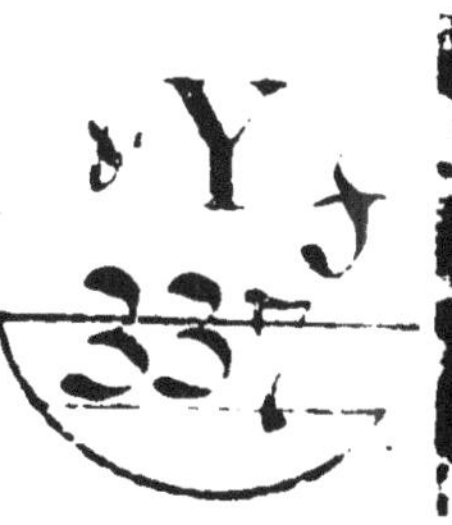

GABRIEL VICAIRE

LE

Miracle de St Nicolas

Il était trois petits enfants
Qui s'en allaient glaner aux champs.

(VIEILLE CHANSON POPULAIRE)

PARIS

ALPHONSE LEMERRE EDITEUR

27-31, PASSAGE CHOISEUL, 27-31

M DCCC LXXXVIII

LE

Miracle de Saint Nicolas

GABRIEL VICAIRE

LE
Miracle de St Nicolas

Il était trois petits enfants
Qui s'en allaient glaner aux champs.

(VIEILLE CHANSON POPULAIRE)

PARIS

ALPHONSE LEMERRE ÉDITEUR

27-31, PASSAGE CHOISEUL, 27-31

M DCCC LXXXVIII

Prélude

PRÉLUDE

Le jardin délaissé des antiques Légendes
Est comme un cimetière, à la fin du Printemps ;
Les œillets, dans la mousse, ont des tons éclatants
Et le rossignol chante au milieu des guirlandes.

Ce n'est plus la cité dolente d'autrefois,
L'endroit abandonné, si doux à l'âme tendre,
Où, quand la nuit arrive, on s'imagine entendre
La plainte d'un enfant qui se meurt dans les bois.

Parmi les croix, les ifs et les cyprès moroses,
L'abeille erre et bourdonne en quête de son miel ;
Un rayon bleu descend des profondeurs du ciel,
Et la maison des morts s'éveille dans les roses.

Ainsi nos cœurs lassés, nos cœurs endoloris
Se reprennent parfois à l'ineffable rêve,
Et l'arbre désolé regarde encor la sève
Monter, comme en Avril, à ses rameaux flétris.

Passé, mélancolique ami du pauvre monde,
O mendiant sublime en ton accoutrement,
D'où vient donc que ta voix nous trouble étrangement,
Qui t'a mis dans les yeux cette pitié profonde ?

Ta mission divine est de nous consoler.
Comme un petit enfant que sa mère emmaillotte,
D'une chanson câline et lente, un peu vieillotte,
Tu berces nos douleurs, prêtes à s'envoler.

Qui la fit cependant, ta naïve complainte ?
Sans doute un humble moine au fond de son couvent,
Quelque simple d'esprit, bonhomme et point savant,
Qui vécut sans désir et qui mourut sans crainte.

Comme un agneau docile à l'appel du berger,
Suivant la voie étroite et le devoir austère,
Il avait dans le cœur la paix du monastère
Et le joug du Sauveur lui semblait très léger.

Il ne méprisait rien de l'immense nature ;
Aux oisillons perdus dans le firmament bleu
Il prêchait la douceur et la crainte de Dieu,
Il se sentait l'ami de toute créature.

Quand tintait l'Angelus et que le jour baissait,
Dans le calme enchanté de l'église gothique,
Il était pris soudain d'une extase mystique
Qui l'enlevait au monde et qui le ravissait.

O quelle joie intime et quelle paix complète
A ses douces brebis garde le bon pasteur !
Délivré des liens de l'univers menteur,
Il planait dans l'azur ainsi qu'une alouette.

Sur un fond d'argent pâle et d'or et de carmin,
Il voyait les martyrs et les saints en prière ;
La vierge l'appelait du haut d'une verrière,
Jésus le caressait de sa petite main.

Et quelque jour, au son d'une cloche argentine,
Saluant Notre-Dame et lui disant : Ave,
Vers le clair Paradis qu'elle avait tant rêvé,
Son âme s'envolait dans l'hymne de Matine.

Ah ! la simplicité du bon religieux,
Quand la reverrons-nous, adorable exilée ?
Comme l'espoir, la foi s'en est bien vite allée,
Nous n'osons plus frapper à la porte des cieux.

Qu'il était beau pourtant, cet âge d'innocence
Où s'éveillaient en nous les songes de l'Avent ?
Qu'il est triste aujourd'hui sous la neige et le vent,
Le sentier défleuri de notre adolescence ?

Dans le désert de sable où je suis enfermé,
J'entends le bruit léger d'une source lointaine,
Et comme au temps divin de la Samaritaine,
Mon cœur tressaille encore au pas du Bien-aimé.

Le couchant s'illumine et la terre est en fête.
Voici le Rédempteur au milieu des élus,
Voici le maître ! — Hélas ! Il ne me connaît plus,
Du mauvais serviteur il détourne la tête.

J'ai beau m'agenouiller, j'ai beau tendre les bras ;
Mes visions du soir, je ne puis les étreindre,
Et dans la nuit qui vient je regarde s'éteindre
Le royaume d'amour où je n'entrerai pas.

Le Miracle de Saint Nicolas

PERSONNAGES

PREMIER ENFANT.

DEUXIÈME ENFANT.

TROISIÈME ENFANT.

CAGNARD.

LA CAGNARDE, sa femme.

SAINT NICOLAS.

Prologue

Le Miracle de Saint Nicolas

PROLOGUE

La nuit, en pleine forêt. — Trois enfants qui allaient accomplir un vœu au sanctuaire de Saint-Nicolas ont été surpris par la tempête. La pluie tombe à torrents, le vent hurle, les arbres s'entre-choquen. Pas une lueur au ciel ; un éclair seulement de temps à autre. Çà et là des voix confuses, comme des plaintes entrecoupées de malédictions.

PREMIER ENFANT.

Toujours le vent, l'horrible vent :

DEUXIÈME ENFANT.

Toujours l'orage !

TROISIÈME ENFANT.

Quand nous sommes partis pour ce pèlerinage,
Quand nous sommes partis à la grâce de Dieu,
Le soleil était rose et le firmament bleu.
On voyait frissonner les saules et les aulnes ;
De blancs ruisseaux couraient au milieu des lys jaunes,
Et les prés s'émaillaient des mille fleurs d'été.
Puis nous entrâmes en plein bois. Que de gaieté !
Comme on sentait l'odeur des fraises sous la mousse,
Que les sources font un doux bruit, quelle voix douce
Ont les oiseaux !

PREMIER ENFANT.

Le soir tomba ; c'était charmant.

DEUXIÈME ENFANT.

Les nuages de pourpre et d'azur, lentement,
Semblaient s'évanouir devant la lune claire.

TROISIÈME ENFANT.

Et maintenant, voyez, le ciel est en colère,
Le rossignol craintif a fini de chanter
Et les arbres, tout noirs, ont l'air de nous guetter.

Pourquoi tordre vos bras au-dessus de nos têtes,
Méchants ?

PREMIER ENFANT.

Oh! cet éclair! j'ai peur.

DEUXIÈME ENFANT.

                                          Et là, ces bêtes,
Là, dans cette broussaille... On les entend crier.

TROISIÈME ENFANT.

Si j'avais seulement la force de prier !

Voix au lointain.

Minuit sonne; voici l'heure
Où s'éveille le hibou,
L'heure triste, hou, hou, hou,
L'heure triste où la nuit pleure.

PREMIER ENFANT.

Entendez-vous ?

DEUXIÈME ENFANT.

Qui donc gémit dans la forêt?

TROISIÈME ENFANT

Un fantôme. Voyez, voyez, il apparaît,
Tout blanc, tout pâle.

PREMIER ENFANT.

Où donc ?

TROISIÈME ENFANT.

Derrière cette roche.
Il se lève à présent, il grandit, il approche.
Grâce, pitié, pitié.

Il tombe à genoux.

DEUXIÈME ENFANT.

Non, frère, ce n'est rien.
Rassure-toi. Qui sait ? Peut-être un bon chrétien
Erre-t-il, comme nous, perdu dans la tourmente.

PREMIER ENFANT.

Ou bien quelque âme en peine est là qui se lamente,
Au seuil du Paradis implorant un *Ave.*

TROISIÈME ENFANT.

Ah ! c'était bien plutôt le cri d'un réprouvé.

Mêmes voix au lointain.

Écoutez ce que chuchotent
Les feuilles du bois mouillé.
Le hibou s'est éveillé,
Les yeux de la Nuit tremblotent.

PREMIER ENFANT.

Chut, chut !

DEUXIÈME ENFANT.

Encor ces voix qui vous glacent le cœur !
Qu'ont-elles donc à nous poursuivre ?

TROISIÈME ENFANT.

Oh ! que j'ai peur !
Que dit le bois ? Pourquoi ces murmures étranges ?
Quel souffle a passé sur mon front ?

PREMIER ENFANT.

Les mauvais Anges
De leurs ailes de mort tout à coup m'ont frôlé.

2

DEUXIÈME ENFANT.

Un oiseau de malheur à ma droite a volé.

Un feu follet apparaît et s'éteint presque aussitôt.

TROISIÈME ENFANT.

Une flamme, là-bas, là-bas !

PREMIER ENFANT.

Comme elle est verte !
La maison de Satan cette nuit s'est ouverte
Et la troupe d'Enfer galope en liberté.
Quel fracas de tonnerre au Ciel ensanglanté !
Les loups hurlent d'effroi, les ravines débordent !
Les arbres foudroyés gémissent et se tordent.
Sur la forêt noyée une trombe s'abat.
Tout tourne. Est-ce la fin du monde, ou le Sabbat?

DEUXIÈME ENFANT.

C'est la chasse d'Hérode. Entendez-vous le traître ?
Toujours prêt à meurtrir l'enfant qui vient de naître,
Sur son grand cheval rouge il passe éblouissant
Et son front cerclé d'or dégoutte encor de sang.

Sa trompe dans le vent sonne, désespérée,
Hop, hop! Les chiens maudits courent à la curée,
Hurlant, les crocs en l'air, la fureur dans les yeux.
Hop, hop! Leurs aboiements éclatent jusqu'aux cieux,
Et puis plus rien.

TROISIÈME ENFANT.

Comme un éclair dans la tempête,
Tout s'éteint.

PREMIER ENFANT.

On n'entend plus rien.

DEUXIÈME ENFANT.

J'en perds la tête;
Nous allons voir sans doute un autre enchantement.
Et quelle nuit!

TROISIÈME ENFANT.

Pas une étoile au firmament:
Une étoile du moins nous donnerait courage.

PREMIER ENFANT.

Écoutez: De nouveau la rafale fait rage.
Les chênes sur les eaux flottent déracinés!

DEUXIÈME ENFANT.

Rien ne peut nous sauver, pauvres abandonnés.

TROISIÈME ENFANT.

Que sert d'aller plus loin et de souffrir encore ?
Couchons-nous et mourons sans nous plaindre. L'Aurore
Nous trouvera demain tous les trois enlacés.

PREMIER ENFANT.

Adieu, douce lumière ; adieu, bonheurs passés.
Qu'est devenu le joli temps où sous les branches,
Nous allions moissonner les marguerites blanches,
En voyant le soleil se perdre à l'horizon ?

DEUXIÈME ENFANT.

Nous ne reverrons plus notre chère maison
Avec sa vigne vierge et son manteau de lierre.

TROISIÈME ENFANT.

Nous ne reverrons plus la source familière
Qui chantait au fond du jardin.

PREMIER ENFANT.

Ni le verger
Où les papillons bleus s'en venaient voltiger,
Le verger plein de sauge et d'avoine fleurie.

DEUXIÈME ENFANT.

Nous n'irons plus jouer dans la grande prairie.
Nos mères vont pleurer et s'habiller de noir.

TROISIÈME ENFANT.

L   que nous récitions nos prières du soir,
N   ns entre les leurs, comme elles étaient fières !
Q   joie on avait à dire ces prières !

PREMIER ENFANT.

        enfants rieurs, saint Nicolas,
B   voyez combien nous sommes las,
             mourons de froid et de misère.
          ons   te très loin, d'une ville étrangère ;
N   ns nuit et jour, récitant le psautier,
C   ions dès l'aube être à votre moutier,
                 sonneraient les cloches de matines,
                  autel un bouquet d'églantines.

Mais les cierges du chœur s'allumeront sans nous ;
Vous ne nous verrez pas, ô maître, à vos genoux.
Hélas, si votre bras puissant nous abandonne,
Si vous n'intercédez auprès de la madone,
Nous serons morts tous trois avant qu'il soit demain.

DEUXIÈME ENFANT.

Saint Nicolas des bois, tendez-nous votre main.

TROISIÈME ENFANT.

Et vous, très douce vierge, acceptez notre offrande.
Nous sommes si petits, notre peine est si grande !

DEUXIÈME ENFANT.

Mon père, en m'embrassant, l'autre jour m'a conté
Que vous aviez souvent, ô reine de beauté,
Sauvé des mariniers près de faire naufrage.
Notre frêle bateau sombre aussi dans l'orage.
Écoutez-nous.

PREMIER ENFANT.

Oui, c'est l'espoir des matelots,
Qui parle à l'ouragan et fait taire les flots,

C'est le refuge des pêcheurs, la blanche étoile
Du matin, le bon vent qui souffle dans la voile,
Le croissant radieux des belles nuits d'été ;
C'est la rose idéale et le lys enchanté,
C'est la claire fontaine où l'oiselet va boire.

DEUXIÈME ENFANT.

Frère, toi qui sais tout, conte-nous son histoire ;
Chante, et nous oublierons un peu notre abandon,
Il est si doux de parler d'elle.

PREMIER ENFANT.

Écoutez donc.

La vierge Marie,
La mère de Dieu,
Sort, au matin bleu,
De sa métairie,

Et va sous le pont
Pour laver ses langes,
Tandis que les Anges
Gardent le poupon.

Quel plaisir d'entendre
Le battoir d'argent !
Joseph, diligent,
Se hâte d'étendre,

Ruisselante encor,
Parmi les prunelles
Et les pimprenelles,
La toile aux coins d'or.

Sur la branche claire,
L'oiseau curieux,
De ses petits yeux
Le regarde faire.

Sous les ais tremblants
La rivière chante
Et sa voix enchante
Les peupliers blancs.

L'Aube ensoleillée
Éveille les fleurs.
On dirait des pleurs
Dans l'herbe mouillée...

Saint Pierre des cieux,
Ouvrez votre porte ;
Voici qu'on apporte
L'enfant gracieux,

Et la Vierge blonde
Comme l'Orient,
Embrasse, en riant,
Le Maître du monde.

DEUXIÈME ENFANT.

Qu'il devait faire bon au bord de ce ruisseau !

TROISIÈME ENFANT.

J'aurais tant voulu voir Jésus dans son berceau !

DEUXIÈME ENFANT.

Et notre chère Dame en robe de fermière,
Les pieds dans l'eau, tandis qu'un Ange de lumière
Lui montre le poupon qui vient de s'éveiller !

TROISIÈME ENFANT.

Comme la fraîche Aurore a dû s'émerveiller !

DEUXIÈME ENFANT.

Voici les affiquets qui flottent dans la brise,
Saint Joseph, les yeux doux, teint rose et barbe grise,
Avec un rossignol perché sur son manteau.

TROISIÈME ENFANT.

Et puis l'enfant divin qui dormira tantôt.

DEUXIÈME ENFANT.

Et la terre et le ciel ont un chant d'allégresse.

PREMIER ENFANT.

Ah ! regardez : Marie a vu notre détresse...

*On commence à entrevoir, au milieu des arbres, la
lumière de la maison de Cagnard. Le vent la fait
tour à tour apparaître et disparaître.*

DEUXIÈME ENFANT.

Peut-être est-ce un follet qui nous égare encor,
Ou quelque fée au lac mirant ses cheveux d'or.

TROISIÈME ENFANT.

Ou bien, qui sait, l'esprit malin.

PREMIER ENFANT.

Non, courons vite :
C'est l'auberge dont nous rêvions, c'est le bon gîte
Où, quand tombe le soir, on dort à poings fermés,
La table de noyer qui rit aux affamés
Avec son linge blanc parfumé de lavande.
Allons, du cœur !

DEUXIÈME ENFANT.

Allons, allons !

TROISIÈME ENFANT.

Dieu vous entende !

FIN DU PROLOGUE

Acte premier

ACTE PREMIER

La maison de Cagnard au milieu des bois. — Intérieur sordide; des toiles d'araignée pendent au plafond; un lumignon fumeux tremblote sur le saloir. — Cagnard et sa femme sont couchés sur un méchant lit. On les entend ronfler légèrement.

LES ENFANTS, *au dehors.*

Toc, toc, toc, ouvrez, ouvrez
A de pauvres égarés
    Qui cherchent un gîte.
L'orage nous a surpris,
Et nous voilà bien marris ;
    Toc, toc, ouvrez vite.

Hélas ! qu'es-tu devenu,
Compère du bois chenu,
　　Rossignol qui chantes ?
La nuit est triste à mourir
Et partout on voit courir
　　Des bêtes méchantes.

Mais voici qu'au firmament
A scintillé doucement
　　La bonne lumière.
Oh ! comme on va s'égayer !
Ouvrez, gentil métayer
　　Et dame fermière.

LA CAGNARDE, *s'éveillant en sursaut.*

Cagnard, Cagnard, n'entends-tu pas ?

CAGNARD.

Encor ce vent maudit ?

LA CAGNARDE.

　　　Non, non, écoute.
Il me semble qu'on frappe en bas.

CAGNARD.

Et qui serait-ce ?

LA CAGNARDE.

Un pèlerin sans doute.

CAGNARD.

Toujours des pèlerins ? Que le peuple s'encroûte !

LA CAGNARDE.

Descends bien vite, mon ami.
Je vois des ombres sur la route.

CAGNARD.

Au diable soit qui vient quand j'ai ma goutte
Et que je suis presque endormi !

Il va à la fenêtre.

Holà, holà ! quelle racaille
Mène céans si vilain bruit ?

LES ENFANTS.

Ouvrez, de grâce.

CAGNARD.

Au rien qui vaille.
On n'ouvre pas ainsi la nuit.

LES ENFANTS.

Nous avons faim.

CAGNARD.

Et que m'importe ?

LES ENFANTS.

Nous avons froid.

CAGNARD.

Je n'y peux rien.

LES ENFANTS.

Nous avons peur.
Ils cherchent à entrer.

CAGNARD.

Maudit vaurien,
Oses-tu bien toucher la porte ?

LES ENFANTS.

Pourtant vous êtes bon chrétien.
Vous croyez comme nous à la vierge très douce ;
Nous ne demandons pas d'ailleurs la charité.
Nous vous paierons.

CAGNARD.

En vérité !
Montrez-moi donc votre frimousse.

CHOEUR.

*Les enfants, en chantant, agitent leurs petites bourses qui
rendent un son argentin.*

Regardez, bon hôte, et riez un peu.
Nous avons tous trois la mine très belle.
Écoutez aussi dans notre escarcelle,
Écoutez chanter l'argent du bon Dieu.

Nous avons tous trois la mine superbe
Et notre fortune est de bon aloi ;
Comme des lutins folâtrant dans l'herbe,
Écoutez danser les écus du roi.

Braves écoliers sans peur ni reproches,
Pour nous d'ordinaire on est indulgent.
Écoutez l'or pur et le bon argent
Qui font leur tapage au fond de nos poches.

LA CAGNARDE, *à la fenêtre*.

C'est vrai, qu'ils sont gentils. Vois ce petit, là-bas ;
Comme il tremble ! Et cet autre avec sa tête blonde.
A leur âge, courir le monde !
Les innocents, doivent-ils être las !

Reprise du chœur

Dame à la fenêtre,
Au parler si doux,
Faites que le maître
Ait pitié de nous.

Dame charitable
Du milieu des bois,
Préparez la table,
Ėcossez les pois.

Vite à la cuisine,
Allumez le feu ;
Passez la bassine
Dans le grand lit bleu.

A travers l'orage
Nous allions pleurant,
Et notre courage
N'était pas bien grand.

La nuit est si noire,
Le vent est si fou !
Dieu sait quelle histoire
Conte le hibou.

Mais plus de tristesse ;
Le coq a chanté.
Merci, chère hôtesse,
Pour votre bonté.

CAGNARD.

Allons, je vois bien qui vous êtes,
Ma brave femme a sans doute raison
Et ses conseils ne sont point bêtes.
Vous sortez, j'en suis sûr, d'excellente maison ;
Vous avez de l'argent, vous devez être honnêtes.
Et qu'est-ce qu'il me faut à moi ? L'honnêteté.
Acceptez, beaux seigneurs, mon hospitalité.

*Les enfants entrent dans la maison. La pauvreté du
logis ne les frappe pas. Ils sont près de s'endormir
et ne remarquent rien.*

CAGNARD.

Sans doute il vous faudrait quelque chair délicate,
Mais je suis honnête homme et ne sais pas tromper.
Nous n'avons plus rien ; notre chatte,
Sans mot dire, a mangé le reste du souper.
Quant au lit, voyez-le : simple, large, commode.
S'il n'est pas tout à fait à la dernière mode,
Il faut nous excuser ; nous sommes du vieux temps.

PREMIER ENFANT.

Cher hôte, assez. Nous voilà très contents.

DEUXIEME ENFANT.

Allons-nous bien dormir après un tel voyage !

TROISIÈME ENFANT.

Au lit, au lit !

CAGNARD.

Puis le sommeil est de votre âge.
Parions que demain vous me remercierez.

LA CAGNARDE

Quels beaux draps nous avons avec des coins dorés !
Mais voyez ce qui nous arrive.
Ils sont tous d'hier soir partis à la lessive.

LES ENFANTS.

Eh, madame, à quoi bon prendre tant de souci ?

LA CAGNARDE.

N'est-ce pas enrageant ?

LES ENFANTS.

Mais non : je vous assure
Que nous serons très bien ainsi.

CAGNARD.

'Ma foi, vous paraissez de benoîte nature
Et n'êtes pas trop exigeants.
C'est heureux, nous avons renvoyé tous nos gens.
Ils nous volaient.

LA CAGNARDE.

Fi ! Les pendards ! Quel gaspillage !
Si l'on n'eût pas bien vite averti les sergents,
La maison était au pillage.

LES ENFANTS.

Bon, bon...

CAGNARD.

C'est vrai : vous êtes fatigués.
Bonne nuit, messeigneurs, et soyez toujours gais.
Toi folle, assez de babillage.

LES ENFANTS.

Hôte, bonsoir.

LA CAGNARDE.

Qu'un ange du bon Dieu
Veille sur vous...

LES ENFANTS.

Merci, madame.

LA CAGNARDE.

Et qu'au matin, un songe rose et bleu
Vous réjouisse...

CAGNARD.

Ah ! sacrebleu !
Quand donc finiras-tu, ma femme ?

*Ils sortent. Les enfants, restés seuls, se deshabillent et
se couchent.*

PREMIER ENFANT.

O compagnons, que c'est charmant !
Comme la nuit s'est embellie !
A notre Dame la jolie
J'offre mon cœur en m'endormant.

DEUXIÈME ENFANT.

Moi, je veux lui dire un cantique.
C'est la reine aux cheveux bouclés.

En ses doigts longs et fuselés
S'alanguit la Rose mystique.

TROISIÈME ENFANT.

Nous portons ses douces couleurs
Et sommes de sa confrérie.
Adieu donc, ô Vierge Marie,
Adieu, Notre-Dame des fleurs !

*Ils s'endorment. Cagnard et sa femme rentrent à pas de
loup.*

CAGNARD, *a mi-voix.*

Femme, d'où nous vient cette aubaine.
Ces muguets de la marjolaine
Ont belle façon, sur ma foi.
On dirait des enfants de roi.
Ça sonne assez clair dans leurs poches.
Et ces trois bénites sacoches
Qui dorment là sous l'oreiller...

LA CAGNARDE.

Plus bas, tu vas les éveiller.

CAGNARD.

Ce sont garçons de brave mine.
Robes de gentille étamine,
Hoquetons d'hermine fourrés,
Bonnets pointus, souliers carrés,
Colliers d'or avec les images
De Notre-Dame et des trois mages
Et linge qui n'est pas vilain ;
Serait-ce l'âne du moulin
Qu'on voit en pareille défroque ?
Qu'en dis-tu, vieille ?

LA CAGNARDE.

                    Eh ! que m'importe ?
Assez causé pour aujourd'hui.
Être envieux du bien d'autrui
N'a jamais enrichi personne,
Et voici l'angelus qui sonne.
Allons au lit nous reposer.

CAGNARD.

Non, j'en ai long à dégoiser.
Les deux pieds au feu de l'auberge,

Messire Enguerrand se goberge
A voir tourner en chapelets
Lapins, cannetons et poulets.
Voici le rôt à la moutarde,
Le cuissot de chevreuil que barde
Un sou de lard, la dinde au riz
Avec épices de Paris,
Miel en rayons, croûtes dorées,
Force tartines bien beurrées
Et pour faire couler le tout,
Vin d'Argenteuil ou de Saint-Cloud.
Le bon seigneur a panse pleine,
Œil clair, teint fleuri ; son haleine
Fume ainsi que cidre nouveau,
Et puis il pleure comme un veau
De ne pouvoir manger encore :
Nous cependant, pauvre pécore,
Nous avons douleurs à foison
Et misère en toute saison.
Nos hardes qui montrent la corde
Crient à Jésus miséricorde.
Dans la bourse pas un denier,
Pas un brin de paille au grenier,
Pas une croûte dans la huche,
Au foyer mort pas une bûche.
C'est toujours pour nous Quatre-Temps,

Et les autres sont si contents
Autour de la table servie !

LA CAGNARDE.

Ah ! oui, vraiment, la dure vie !
Mais qu'y peut-on ?

CAGNARD.

On peut beaucoup.

LA CAGNARDE.

Voudrais-tu faire un mauvais coup ?
Je vois briller tes yeux...

CAGNARD.

Çà, vieille,
Approche un peu de mon oreille.
Écoute : J'ai rêvé tantôt,
Que nous héritions d'un château,
Flanqué de grasses métairies
Avec des avoines fleuries
Et de joli bois verdoyant.
Le paysage était riant ;
J'étais seigneur, toi châtelaine.

Comme l'argent au bas de laine
Tout nous arrivait à planté.

LA CAGNARDE.

Oh ! que n'est-ce la vérité !

CAGNARD.

Comme les chevaliers de l'Oie
Nous vivrions toujours en joie ;
On nous ferait partout crédit.

LA CAGNARDE.

Cela me semble fort bien dit.

CAGNARD.

T'en faut-il encor davantage ?
Chaque jour, après le potage,
Nous aurions bécasse ou faisan.

LA CAGNARDE.

Ce ne serait pas déplaisant.

CAGNARD.

Songe un peu : Ne jamais rien faire.

Et boire quoi ? De belle eau claire ?
Allons donc ; toujours un vin vieux
Et velouté...

LA CAGNARDE.

C'est pour le mieux.

CAGNARD.

Plus d'affronts ni de vilenies.
A l'église, aux cérémonies,
Nous avons la place d'honneur.
Nous éclaboussons Monseigneur
Amaury de la Bourse plate.

LA CAGNARDE

Moi, j'ai corsage d'écarlate
Et belles jupes de satin.

CAGNARD.

Tout le pauvre menu fretin
En crèvera de jalousie.

LA CAGNARDE.

Les dames de la bourgeoisie,

Ces bégueules, en deviendront
Aussi jaunes qu'un potiron.

CAGNARD.

Allons donc...

LA CAGNARDE.

Mais que veux-tu dire ?

CAGNARD.

Ton innocence me fait rire
Et tant parler ne sert à rien.
Crois-tu qu'on amasse du bien
Sans mettre la main à la pâte ?
Vite, vite; il faut qu'on se hâte.

LA CAGNARDE.

Ces enfants !...

CAGNARD.

Eh bien?

LA CAGNARDE.

Pas si fort.

Doivent-ils aller à la mort ?
Le plus vieux des trois est si jeune !

CAGNARD.

Et moi, je suis las de mon jeûne,
Las de souffrir et d'endurer,
Et cela ne peut pas durer.
Ne veux-tu pas que chacun meure ?
C'est la règle : Qu'importe l'heure,
Pourvu qu'on ait vécu gaiement ?

LA CAGNARDE.

Vois comme ils dorment gentiment,
Leurs chevelures confondues !
On dirait des brebis perdues.
Comme ils se tiennent embrassés,
Qu'ils sont mignons !

CAGNARD.

Assez, assez.

LA CAGNARDE.

Toute leur âme s'abandonne.

CAGNARD.

Puisqu'ils aiment tant la madone,
Ils iront droit en Paradis.
Assez, te dis-je.

LA CAGNARDE.

Et moi, je dis
Que c'est péché.

CAGNARD.

Non, c'est justice.
Faut-il toujours que je pâtisse
Pour engraisser quelque paillard?
Ces enfants ont volé ma part,
J'ai bien le droit de la reprendre.
Femme, ôte-toi; c'est trop attendre.

LA CAGNARDE.

Mais, si l'on sait...

CAGNARD.

Pas de témoin.

LA CAGNARDE.

Et Dieu, mon homme?

CAGNARD.

Il est si loin!

LA CAGNARDE.

Ah! du moins, permets que je sorte.

CAGNARD.

C'est bien fait aux gens de ta sorte.
Va-t'en dire un *Miserere*,
Tandis que je besognerai.

Il aiguise sa hachette.

A nous deux, ma petite hache;
Quand nous allions bûcheronnant,
Tu n'as jamais vu, que je sache,
Bois si feuillu que maintenant.

Laisse en paix le chêne et le hêtre,
Pour aujourd'hui fais grâce au loup;
C'est la race de notre maître
Qu'il faut abattre d'un seul coup.

A mort, à mort.

Il se précipite sur les enfants endormis et les frappe.

PREMIER ENFANT.

Adieu, ma mère, adieu, mon père.
Nous ne vous verrons plus jamais.

DEUXIÈME ENFANT.

Combien je plains ceux que j'aimais !

TROISIÈME ENFANT.

Tout mon cœur à vous désormais,
Douce Marie en qui j'espère.

Ils meurent.

LA CAGNARDE, *rentrant, la face décomposée.*

Ces cris ! Mon Dieu, je suis folle à moitié.
C'est bien raison qu'on se lamente.
Tant de jeunesse et si charmante !
Ah ! chien maudit, cœur sans pitié !

CAGNARD.

Eh bien, après, la belle affaire !

Vieille corneille, à quoi bon croasser?
Mais diable, ces marmots vont bien m'embarrasser.
Dis-moi donc ce que j'en vais faire?

LA CAGNARDE.

La pâleur de la mort est déja sur leur front.
C'étaient de beaux enfants, leurs mères pleureront.

CAGNARD.

S'il venait par hasard des hommes de police,
Où les mettre? — Ah! dans le saloir;
Nul, à coup sûr, n'y viendra voir.
Je fais un pied de nez à toute la justice.

LA CAGNARDE.

Le cadet n'avait pas huit ans.
Il était si blond et si rose
Qu'on eût dit un bouton de rose
Sur l'épine verte au printemps.

CAGNARD.

En poche une toupie, un livre, des pois chiches.
Tudieu, je les croyais plus riches
Et c'est moi qui suis le volé.

LA CAGNARDE.

Leurs jolis yeux brillaient comme un ciel étoilé.
Ils avaient l'air si doux, des façons de pucelle.

CAGNARD.

Et pas grand'chose en l'escarcelle ;
Le monde devient si trompeur.
A qui donc se fier ? Vraiment cela fait peur !

LA CAGNARDE.

Ah ! tais-toi. N'as-tu pas de honte ?
Tu ferais mieux de te cacher.

CAGNARD.

Femme, tout doux : N'allons pas nous fâcher.
Si nous faisons bien notre compte,
N'as-tu rien à te reprocher ?

LA CAGNARDE.

Et quoi, méchant ?

CAGNARD.

C'est vrai, j'ai fait une sottise.

C'est la faute du Diable. Il est si beau parleur !
  Je l'écoutai pour mon malheur.
Avec l'ivrognerie et la fainéantise
  En peu de temps on voit bien du chemin.
Mais toi, femme d'honneur, qui dis les patenôtres,
Qui vas tous les huit jours, un chapelet en main,
    Aux reliques des saints Apôtres,
  Parle tout franc ; n'as-tu pas de remords ?

LA GAGNARDE.

Pourquoi des remords ?

CAGNARD.

                    Hypocrite !
Tu le sais bien, c'est pour toi qu'ils sont morts ;
    C'est pour toi que bout la marmite.
Tu me disais toujours, d'un air de chattemite :
« Guillaume, je n'ai rien à mettre sur mon corps
Qu'une cotte trouée et cette souquenille.
Les malandrins du bois me suivent à l'odeur,
    Et la petite Pétronille
  Crie en riant : C'est Margot la Guenille.
Es-tu tombé si bas qu'un maraudeur
    A ton nez me traite de fille ?
Prends-tu plaisir à me voir insulter ?

Si tu n'es pas un lâche, il te faut m'apporter,
Pour la fête qui vient, quelque chose d'honnête,
Une jupe bleu ciel, un corsage marron,
    Que sais-je? Un amour de cornette,
    Une croix d'or à la Jeannette,
    Souliers verts et vert chaperon. »
Moi digne époux et bonhomme tout rond,
    Je t'ai prise au mot sans malice.

LA CAGNARDE.

Ah ! renégat, chien, fils de chien !

CAGNARD.

    Dis tout bonnement : cher complice.
Que crois-tu donc valoir si je suis un vaurien?
Pendre le criminel en profitant du crime,
    A ce compte on gagne à tout coup,
    Mais cela sent un peu la frime.

LA CAGNARDE.

Gueux, tu mens, tu mens...

CAGNARD.

                 Point du tout,
Chère épouse.

LA CAGNARDE.

Oh ! scélératesse !

CAGNARD, *prenant un bâton.*

Ma foi, j'en ai regret pour ta délicatesse ;
    Mais pourquoi me pousser à bout ?
A prêcher comme un moine en vain je m'évertue.
Ta ration de coups te manque ce matin.
    L'habitude d'être battue !
Tiens donc, tiens donc.

Il la frappe.

LA CAGNARDE, *criant.*

Au secours, on me tue.

CAGNARD.

Tiens encor, tiens.

LA CAGNARDE.

L'affreux mâtin !

CAGNARD.

Je vais te rosser d'importance ;

Tiens, je ne parle plus latin.
Encore un peu de ce rotin.

LA CAGNARDE.

Assassin, gibier de potence !

CAGNARD.

Gueuse !

LA CAGNARDE.

Monstre !

CAGNARD.

Triple catin !

Ils se battent.

FIN DU PREMIER ACTE

Entr'acte

ENTR'ACTE

Sept ans ont passé
Comme passe un rêve ;
Sept ans ont passé,
Un rêve effacé.

Et toujours se lève
L'Aube aux cheveux blonds ;
Et toujours se lève
L'étoile du Rêve.

Chantez, violons,
Sous les vertes branches,
Chantez, violons,
L'Aube aux cheveux blonds.

Anémones blanches,
Parure des bois,
Anémones blanches,
A l'entour des branches,

Ainsi qu'autrefois,
Dans le soleil rose,
Ainsi qu'autrefois,
Fleurissez les bois.

Qu'un rayon se pose,
Un rayon des cieux,
Qu'un rayon se pose
Sur l'épine rose.

L'enfant gracieux
Qui riait sans cause,
L'enfant gracieux
Reviendra des cieux.

Acte deuxième

ACTE DEUXIÈME

*Même décor qu'au premier acte. C'est le matin, on entend le réveil
des oiseaux.*

CHŒUR DE PÈLERINS, *au loin.*

Fraîche comme l'églantine,
 L'Aurore apparaît.
Un rayon rose illumine
 La sombre forêt.

Dans l'azur les alouettes
 Prennent leur essor,
Et voici les violettes
 Et les boutons d'or.

Compère, allume ton cierge,
   Allons en chantant ;
Nous verrons bientôt la Vierge
   Que nous aimons tant.

En avant, Rose et Rosette,
   Et ne musez plus ;
Vous aurez une risette
   De l'enfant Jésus.

Le chant s'éloigne et s'affaiblit peu à peu.

CAGNARD.

Encor des pèlerins et des pèlerinages !
Cela n'en finit plus. Ces pieux personnages,
En forêt, dès les chats, commencent à brailler.
La basse-cour pourtant suffit à m'éveiller.
Peut-on troubler ainsi la paix du pauvre monde ?

LA CAGNARDE.

Fi, le Judas !

CAGNARD.

   Eh bien, eh bien, qu'est-ce qui gronde ?
A ta cuisine, femme, et tais-toi.

LA CAGNARDE

Quel païen !

CAGNARD.

Quand j'ai parlé, j'entends qu'on ne réplique rien.
Si tu n'es pas contente et si je te dégoûte
On ne te retient pas ; voici la grande route.
Rien ne vaut, pour s'instruire, un pays étranger,
Et tous les gens d'esprit aiment à voyager.
Décampe.

LA CAGNARDE.

Et des écus ? Où gagner ma pitance ?

CAGNARD.

Où tu voudras ; la chose est de peu d'importance.
L'an passé, m'a-t-on dit, l'abbé des moines blancs,
Le bon père Onésyme, était de tes galants.
C'est un franc papelard et qui fait bonne chère,
Comme il plaît au Seigneur. Un bon conseil, ma chère,
Va le trouver.

LA CAGNARDE.

Ah! si je te prenais au mot!

CAGNARD.

Hareng-saur, fine andouille et poiré plein le pot,
Grâce à Dieu, rien ne manque à la table des moines;
Aussi leurs nez fleuris ressemblent aux pivoines,
Et de la tête au ventre ils vont dodelinant.
Mais l'abbé, quel abbé! Cet homme est étonnant.
Toujours prêt... en dehors du saint temps de carême.
Comme il sait dire à point aux filles: Je vous aime!
Sois-en sûre, à confesse il te recevra bien.

LA CAGNARDE

Lui conterai-je alors?

CAGNARD.

Quoi donc?

LA CAGNARDE.

           Tu le sais bien,
Et rien que d'y penser te fait blanchir la tête.

Conterai-je comment une nuit de tempête,
Trois garçons égarés vinrent à la maison
Demander un asile, et quelle trahison,
Pauvres agneaux perdus, les trouva sans défense?
Dirai-je qu'ils sortaient à peine de l'enfance?
Dirai-je aussi le nom du boucher?

CAGNARD.

Si tu veux.
Mais pour donner un peu de sel à tes aveux,
Ajoute : sire abbé, j'eus part à cette tàche.
Seulement je n'ai pas frappé, j'étais trop lâche.
En mon cœur j'ai voulu la mort de l'innocent;
La robe que je porte est teinte de son sang,
Mais j'unis la prudence à la scélératesse...

LA CAGNARDE.

Chut, chut, voici quelqu'un.

*Entre saint Nicolas sous la forme d'un riche seigneur,
barbe blanche et manteau d'or.*

SAINT NICOLAS.

Bonjour, dame l'hôtesse,

Bonjour, hôte. J'arrive et je suis étranger.
Puis-je m'asseoir ici ? Servez-vous à manger ?

CAGNARD.

Mon Dieu, vous n'êtes pas dans une hôtellerie.
Mais... avec de l'argent, et quand on nous en prie,
Nous faisons pour le mieux, c'est sûr.

LA CAGNARDE.

Vous semblez las.
Venez-vous de bien loin ?

SAINT NICOLAS.

Au grand saint Nicolas,
En son couvent, hier, j'allai rendre visite.

CAGNARD.

Ah ! c'est un fameux saint, et je vous félicite.

SAINT NICOLAS.

Fort bien ; mais, s'il vous plaît, voyons le déjeuner.

CAGNARD.

Vous avez appétit, c'est parfait. Que donner,

Femme, à ce bon seigneur? Allons, allons, ma fille,
Aux fourneaux, dépêchons.

LA CAGNARDE.

Voulez-vous une anguille?

SAINT NICOLAS.

Non, ce serpent gluant ne me dit rien de bon.

CAGNARD.

Vous prendrez bien alors un peu de ce jambon.
Dirait-on pas la joue en fleur d'une pucelle?
Qu'en pensez-vous?

SAINT NICOLAS.

Non, non.

CAGNARD.

Sans doute une sarcelle
Vous sourirait.

SAINT NICOLAS.

Fi donc, mon hôte, un gibier d'eau!

CAGNARD.

Diable, cela va mal. Peut-être un fricandeau
Vous plaîrait-il avec du lard et de l'oseille,
Ou quelque lapereau confit à la groseille,
Ou des merles...

SAINT NICOLAS.

Non, non, le cœur ne m'en dit pas.

CAGNARD, *impatienté.*

J'aimerais à savoir qui vous sert vos repas.
S'il fait à votre gré, quel gaillard ce doit être !
Vous n'êtes pas facile à contenter, mon maître.

SAINT NICOLAS.

Il se peut, j'ai mes goûts...

CAGNARD.

Eh bien, parlez plus haut,
Parlez sans barguigner ; dites ce qu'il vous faut,
Et vous l'aurez, serait-ce une dinde aux pistaches.

SAINT NICOLAS.

En ce cas, donne-moi la viande que tu caches
Dans ce saloir.

CAGNARD, *troublé.*

Dans ce saloir? Que voulez-vous
Qu'on y cache? Il est vieux, sale et percé de trous
Et ne peut même plus servir au lessivage.

SAINT NICOLAS.

Ouvre-le..

CAGNARD.

Regardez : le meuble est hors d'usage.

SAINT NICOLAS.

Ouvre toujours.

CAGNARD.

Pourquoi? Vous n'y trouverez rien.
Un vrai nid de souris.

SAINT NICOLAS.

Ouvre, nous verrons bien.

LA CAGNARDE, *très exaltée.*

N'écoutez pas cet homme. Il ment. C'est un impie.
J'ai profité du crime ; il faut que je l'expie.
Etranger, Dieu le veut. Voyez-les, voyez-les.

*Elle ouvre violemment le saloir. — Les enfants étroite-
ment enlacés semblent endormis.*

SAINT NICOLAS.

Toujours leur beau sourire et leurs cheveux bouclés !
La mort n'a pas flétri cette fleur d'innocence.
Ils dorment aussi purs qu'au jour de la naissance,
Le songe de leur vie est à peine achevé
Et sur leur bouche encor flotte un dernier ave.

LA CAGNARDE, *se précipitant aux genoux de saint Nicolas.*

Grâce, grâce !

SAINT NICOLAS, *avec douceur.*

C'est bien : Lève-toi, pécheresse,

Le maître que je sers est un Dieu de tendresse ;
A celui qui l'implore il donne son pardon.

LA CAGNARDE.

Je l'implore et je crois en lui.

SAINT NICOLAS.

Lève-toi donc
Et redis en tout lieu ce que tu viens d'apprendre.

CAGNARD

Elle est hors de procès. Moi, je suis bon à pendre.
Et je vais de ce pas me noyer dans l'étang.

Il cherche à s'enfuir.

SAINT NICOLAS.

Arrête : Dieu là-haut te regarde et t'entend.
N'as-tu donc pas souci de la vie éternelle ?

CAGNARD.

Mais comment me sauver ?

SAINT NICOLAS.

Pauvre âme criminelle,
Du mal que tu commis il te faut racheter.

CAGNARD.

Oh ! mes iniquités, qui les pourrait compter ?
J'en ai tant sur le cœur, j'en ai de toute sorte,
J'ai fait le diable à quatre et pis encor.

SAINT NICOLAS.

Qu'importe ?
Repens-toi.

CAGNARD.

J'ai pillé, j'ai violé des filles,
Des moutiers les plus saints j'ai fait sauter les grilles,
J'ai tué, mais c'était pour la première fois.

SAINT NICOLAS.

Eh bien, du bon Pasteur écoute encor la voix,
Cette voix que la terre a jadis entendue.
Il est plein de pitié pour la brebis perdue.
A genoux, misérable. Il te relèvera.

CAGNARD.

Comment le pourrait-il ? Je suis un scélérat.
J'ai du sang plein les mains, j'ai du sang plein la face.
Il est trop tard, il est trop tard. Quoi que je fasse,
C'est fini. Je sens bien que je serai damné.

SAINT NICOLAS.

Non ; si tu te repens, tu seras pardonné.
Au nom du Rédempteur je lie et je délie.
Meurtrier, à genoux.

CAGNARD, *troublé.*

        Oh ! je vous en supplie,
Laissez-moi dans ma honte et ne me parlez plus.

SAINT NICOLAS.

Ne connais-tu donc pas la bonté de Jésus ?

CAGNARD.

Il est trop haut pour nous, gens de sac et de corde.

SAINT NICOLAS.

Jésus n'est qu'indulgence et que miséricorde.

CAGNARD.

Je l'ai tant renié, je l'ai tant blasphémé !

SAINT NICOLAS.

Cependant il est mort pour t'avoir trop aimé.

CAGNARD.

Ah ! s'il m'aimait encor !

SAINT NICOLAS.

Sa grâce est infinie.

CAGNARD.

C'est un si lourd fardeau que mon ignominie !

SAINT NICOLAS.

Souffre patiemment ; tu seras délivré.

CAGNARD.

Dites ce qu'il faut faire et je l'accomplirai.
Je suis prêt.

Il tombe à genoux devant saint Nicolas.

SAINT NICOLAS.

Bien, mon fils. Arme-toi de constance.
Vingt ans au bois des Baux tu feras pénitence,
Tu diras le *Pater* vingt fois toutes les nuits,
Tu n'auras pour manger que l'écorce des buis,
Pour boisson rien que la rosée et l'eau de neige.
Consens-tu ?

CAGNARD.

Quel bonheur !

SAINT NICOLAS.

Va, que Dieu te protège,
Et qu'il rende la paix à ton esprit troublé.

CAGNARD.

Père, bénissez-moi ; je serai consolé.

Saint Nicolas le bénit. Il sort.

LA CAGNARDE, *stupéfaite.*

Lui, lui, quel changement !

SAINT NICOLAS.

Pourquoi cette surprise ?

Quand vient le mois de mai, n'as-tu pas vu la brise
D'une haleine, au matin, fondre les durs glaçons?
Mais tu pleures?

LA CAGNARDE.

                    Je pleure, hélas! sur ces garçons.
Si jeunes, qu'ont-ils pu connaître de la vie?

SAINT NICOLAS.

Peut-être que leur sort nous devrait faire envie.

LA CAGNARDE.

Au-devant du bonheur ils allaient si joyeux!
Leurs yeux d'enfants étincelaient comme les cieux.

SAINT NICOLAS.

Ma fille, souviens-toi du Dieu de l'Évangile.
Nous sommes dans ses mains comme un vase d'argile
Que le potier façonne et modèle à son gré.
C'est lui qui tous les ans fait reverdir ton pré,
Qui met des iris bleus sur le toit de ta grange
Et de la mousse au fond du nid de la mésange.
C'est lui le protecteur de la biche aux abois.
Il écoute chanter les sources dans les bois,

Il regarde fleurir les genêts sur la lande.
Prions tous deux, ma fille, afin qu'il nous entende.

Il étend la main sur les enfants.

Mon Dieu, je ne suis rien qu'un homme en cheveux blancs,
 Mais j'ai marché de loin sur vos traces divines.
J'ai porté comme vous la couronne d'épines,
Mes bras à vous servir sont devenus tremblants.
Je sais que vous parlez en maître à la tempête ;
Vous tenez dans vos mains la lune et le soleil.
S'il vous plaisait de faire un signe de la tête,
Les morts s'éveilleraient de l'éternel sommeil.

Après un silence.

Combien ils vous aimaient, Notre-Dame la belle !

Un autre silence.

Enfants, levez-vous.

*Les enfants se dressent lentement. Ils se frottent les
yeux et regardent avec surprise ce qui les entoure.*

PREMIER ENFANT.

Qui nous appelle ?

DEUXIÈME ENFANT.

Cette pauvre maison, ces bois... Où sommes-nous ?

On entend le vent souffler.

TROISIÈME ENFANT.

Je me souviens, je me souviens. Quelle tempête !

Musique paradisiaque ; harpes et violes d'amour.

PREMIER ENFANT.

L'église de l'azur était en grande fête.
Comme pour un divin baptême, allégrement,
Les cloches de cristal sonnaient au firmament.

DEUXIÈME ENFANT.

Dans la mousse et le thym murmuraient les fontaines.
Le rossignol chantait.

TROISIÈME ENFANT.

Des voix lointaines
Disaient : La douce Aurore est près de se lever.

PREMIER ENFANT.

Et, saisis de bonheur, nous vîmes arriver,
Belle comme un rayon de lune sur la neige,
Celle qui nous protège
Et tient nos cœurs dévots dans sa petite main,

DEUXIÈME ENFANT.

Des lys parfumaient son chemin ;
Le bout de son manteau traînait dans la rosée,
Et sa main blanche s'est posée
Un instant sur ma joue.

TROISIÈME ENFANT.

Oh ! quel enchantement !
Si ce n'était qu'un rêve, il était bien charmant.

PREMIER ENFANT.

J'avais de grandes ailes
A ce qu'il me semblait.
Avec les hirondelles
Mon âme s'envolait.

DEUXIÈME ENFANT.

Moi, je voyais Marie
Debout à mon chevet,
Dans sa robe fleurie
Qu'un page relevait.

TROISIÈME ENFANT.

Moi, je croyais entendre
Les Anges murmurer
Une oraison si tendre
Qu'elle m'a fait pleurer.

En chœur.

Oh ! que de belles choses
Nous vîmes en dormant !
Au Paradis les roses
Fleurissent constamment.

Le vent, qui sur les tombes
Sème des romarins,
Comme un vol de colombes
Emporte nos chagrins.

J'ai suivi le cortège
Des gens du Saint-Esprit ;
. Dans sa barbe de neige
Le bon Dieu me sourit.

Comme il a bonne grâce
Et qu'il est indulgent !
« Viens, me dit-il, et passe
Par la porte d'argent. »

Et voici la prairie,
Les arbres pleins d'oiseaux
Dont le chant se marie
Au murmure des eaux.

Voici le bois mystique,
Où, quand le soir descend,
S'éveille le cantique
De l'amour innocent,

Et le château des âmes,
Le château merveilleux,
Avec ses oriflammes
De la couleur des cieux.

La lande, rose et verte,
Où jouent de blancs rayons,
Semble une mer couverte
De mille papillons.

Sur l'herbe diaprée,
Par les sentiers ombreux,
Va la troupe dorée
Des martyrs bienheureux.

Aux vierges qui devisent
Gaiement, sous l'églantier,
Les saints évêques lisent
Un beau lai du Psautier.

Et, d'une chansonnette,
Les plus vieux des élus,
Dans sa barcelonnette
Bercent l'enfant Jésus.

SAINT NICOLAS.

Enfants, c'est bien parlé. Ces divines merveilles,
Vous les contemplerez un jour, je vous le dis.
La musique céleste emplira vos oreilles,
Vous verrez l'arbre d'or qui croît en paradis.

Vous sentirez bientôt le souffle de l'aurore,
Le bon vent matinal passer dans vos cheveux;
Le printemps éternel est sur le point d'éclore,
L'ineffable printemps qui comblera nos vœux.

Veillez, en attendant, comme la vierge sage
Qui reçoit le Sauveur, une lampe à la main.
Ce monde misérable est un lieu de passage,
L'illusion d'un jour qui finira demain.

Paissez, mes chers agneaux, l'herbe de la prairie;
Sous la pluie et la neige, allez, le cœur content;
Votre blanche maîtresse est madame Marie,
Jésus, le doux berger qui vous garde en chantant.

Cantique général.

O Dieu qui fis les fleurs, l'eau chaste, la nuit claire,
Et l'aube frissonnante et le soir triomphant,
Dieu que la terre adore et qui daignes te plaire
Aux refrains du vieillard et du petit enfant,

Toi qui fais sous ton porche entrer les hirondelles,
Seigneur miraculeux et doux, maître indulgent
Qui jettes l'espérance au cœur de tes fidèles
Comme une rose pourpre au ruisselet d'argent,

Notre sœur, l'alouette, au lever de l'aurore,
Te salue, et son cri plane au-dessus des bois.
Quand vient le soir paisible, elle t'appelle encore ;
Rends-nous simples comme elle et prête-nous sa voix.

Mon Dieu, nous ressemblons à la graine qui vole
Dans l'aire ténébreuse où l'on bat le froment :
Nous sommes le roseau, nous sommes l'herbe folle
Que les bœufs de labour écrasent méchamment.

Garde-nous du serpent à la langue dorée ;
Berger compatissant, souviens-toi que jadis
Tu guidais au bercail la brebis égarée ;
Permets que les chanteurs aient place au Paradis.

Et vous dont le Printemps en fleurs dit les louanges,
Vous qui nous souriez dans les feux de l'été,
Reine de l'univers et maîtresse des Anges,
O vierge gracieuse, ô dame de beauté,

Étoile de la mer, vase pur, tour d'ivoire,
Vous qui venez à nous sur les ailes du vent,
Vous, la source d'eau vive où les âmes vont boire,
Vous, la nue éclatante et le soleil levant,

Dans le bleu du matin tourterelle envolée,
Lys de candeur éclos dans le jardin des cieux,
Soutien de l'innocent, Marie immaculée,
Laissez tomber sur nous un regard de vos yeux.

Vos pieds blancs sont posés sur l'océan qui gronde,
Votre front resplendit par delà le couchant.
Mais vous prenez pitié des misères du monde
Et du rossignolet vous écoutez le chant.

Faites que nous gardions gaiement votre bannière
Et que, bons serviteurs fatigués de lutter,
Nous entendions encore, à notre heure dernière,
Au clocher du village un Angélus tinter.

Cette musique est douce à l'orphelin qui pleure,
Douce à la nuit qui tombe et douce au point du jour.
Elle nous conduira vers la claire demeure
Où fleurit le rosier de l'éternel Amour.

7

Heureux si, de bien loin suivant les saints apôtres,
Parmi l'or et l'azur du royaume enchanté,
Nous pouvons, dans la paix promise à tous les vôtres,
Adorer à jamais votre virginité!

FIN

Achevé d'imprimer

le seize avril mil huit cent quatre-vingt-huit

PAR

ALPHONSE LEMERRE

(Th. Bret, *conducteur*)

25, RUE DES GRANDS-AUGUSTINS, 25

PARIS

POÈTES CONTEMPORAINS

Volumes in-18 jésus, imprimés en caractères antiques sur beau papier vélin. Chaque volume, 3 francs.

GRANDMOUGIN	*Les Siestes.*	1 vol.
CHARLES DES GUERROIS	*Pro Patria*	1 vol.
— —	*Sonnets et Petits Poèmes.*	1 vol.
— —	*Nos grandes pages.*	1 vol.
ERNEST D'HERVILLY	*Le Harem.*	1 vol.
CLOVIS HUGUES	*Les Soirs de bataille.*	1 vol.
LOUISE D'ISOLE	*Après l'Amour*	1 vol.
—	*Passion*	1 vol.
I. R. G.	*La Volière ouverte.*	1 vol.
—	*La Vie sombre*	1 vol.
AUGUSTE LACAUSSADE	*Poésies.*	1 vol.
LOUIS LACOMBE	*Dernier Amour.*	1 vol.
GEORGES LAFENESTRE	*Espérances.*	1 vol.
— —	*Idylles et Chansons*	1 vol.
SUTTER-LAUMANN	*Par les Routes.*	1 vol.
ANDRÉ LEMOYNE	*Fleurs des Ruines..*	1 vol.
GABRIEL MARC	*Soleils d'octobre*	1 vol.
— —	*Sonnets parisiens.*	1 vol.
LOUIS MARSOLLEAU	*Les Baisers perdus*	1 vol.
TANCRÈDE MARTEL	*Les Poèmes à tous crins*	1 vol.
MARC-MONNIER	*Récits et Monologues.*	1 vol.
PAUL MARIÉTON	*Souvenance*	1 vol.
—	*La Viole d'Amour.*	1 vol.
ÉMILE MARIOTTE	*Les Déchirements*	1 vol.
PAUL MARROT	*Le Chemin du rire*	1 vol.
— —	*Le Paradis moderne*	1 vol.
FÉLIX MADAME	*Épines et Roses*	1 vol.
FRANCIS MELVIL	*Les Voyageurs.*	1 vol.
ALBERT MÉRAT	*Au Fil de l'eau*	1 vol.
— —	*Poèmes de Paris.*	1 vol.
ACHILLE MILLIEN	*Poèmes et Sonnets.*	1 vol.
— —	*Voix des Ruines.*	1 vol.
PHILIPPE GILLE	*L'Herbier.* 1 vol. in-4°	4 fr.
LÉON DUVAUCHEL	*La Clé des Champs.* 1 vol. in-18	4 fr.

PARIS. — Imp. A. LEMERRE, 25, rue des Grands-Augustins.

www.ingramcontent.com/pod-product-compliance
Ingram Content Group UK Ltd.
Pitfield, Milton Keynes, MK11 3LW, UK
UKHW020941140726
13695UKWH00003B/1127